김태호 시집

발가락에 쓴 시

국립중앙도서관 출판시도서목록(CIP)

발가락에 쓴 시 : 김태호 시집 / 지은이 : 김태호. -- 서울 : 한누리
미디어, 2010
    p. ; cm

ISBN 978-89-7969-373-7 03810 : ₩8000

811.62-KDC5
895.714-DDC21   CIP2010003534

김태호 시집

발가락에 쓴 시

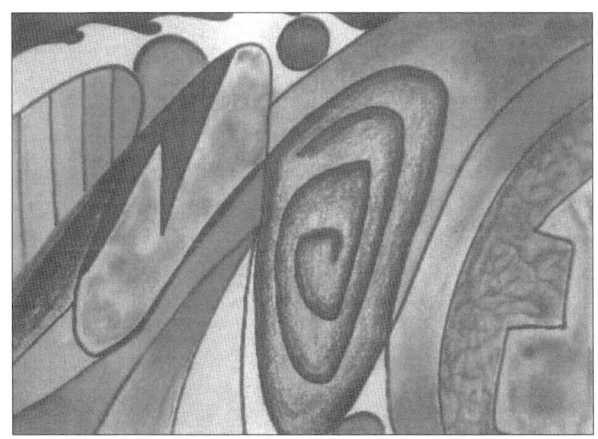

한누리미디어

自序

뒤늦게 문단에 나와 20년이 흘렀다.

시집 한 권 내고 싶어 오기를 부린 것인데 그럭저럭 시 쓰는 일이 생활 속에 스며들어 떨칠 수도 없는 노릇이다.

요즘 쓴 시와 지난 날의 것을 섞어놓고 보아도 구별이 안 될 정도로 진전이 없는 것 같다. 얼마나 더 지나야 눈이 뜨일는지, 오늘도 버거운 짐을 내려놓지 못한다.

때때로 시취詩趣를 묻는 독자에게 고마움을 전하며 바쁜 일상에도 꾸준히 시 쓰기에 정진하는 용인 명륜문학회와 성남 푸른시문학회 회원들에게 감사드린다.

2010년 10월

黎雲 金兌浩

CONTENTS

제1부 철쭉꽃 하얀 봄날

제2부 눈이 온 날에

CONTENTS

제3부 풀뽑기

제4부 오사카의 보름달

CONTENTS

제5부 넌 혼자가 아니야

제1부

철쭉꽃 하얀 봄날

철쭉꽃 하얀 봄날

어머니가 잠드신 날
꽃은 피었습니다
온 산 나부끼는 분홍빛
진달래를 닮으라지만
어젯밤 달빛이 붉었던가요
피멍든 꽃이파리
붉게붉게 피었습니다
쑥, 쑥국—
봄이 한창이라고
멀리서 들려오는 쑥국새 소리
입술 깨물망정 눈물이야 보일까
물오른 나무, 꼭지 앉아
환한 웃음 터뜨리는 철쭉꽃
새하얀 봄날 파아랗게
타오르고 있다

뿌리내리기

작은 씨앗 하나 줄기로 서기까지
어둠 속 벌이는 사투死鬪
모래알 스며들다 돌부리 닿아
몸 엉겨붙고 정수리 뚫기까지
척박한 땅 헤집고 뻗어나는
저 잔약한 실뿌리를 보는가
잠들면 안돼
머리 위에 이고 있는 삼라만상
의지가지 하나뿐인 줄기를 위해
캄캄한 땅밑 더듬어
수액樹液을 길어 올려야 한다
흔들리지 않는 지상의 궁전
찬란한 잎새, 열매를 향해
영겁의 입맞춤과도 같은
허기진 길을 가야 한다
지칠 줄 모르고 달리는 그대
불퇴전不退轉의 넋이여

유월 초하루

어제 본 나무가 아니었다
푸르게 떨친 잎새
날아오른 찔레향에
어질머릴 앓고 있었다

밤 사이 누가 다녀갔을까

수련이 핀 연못에는
팔뚝만한 잉어가 어슬렁거리고
산새가 몸을 숨긴 그늘에선
풀빛 깃털이 날고 있었다

가지치기

못내 고개 돌려야 한다
시든 잎새, 까맣게
타들어가는 곁가지 아니라도
물오른 가지 생떼 같은 목숨
팔 걷고 잘라야 한다
한 그루 키 큰 나무 위해
뜨거운 눈물 흘리는
저 원정園丁의 애잔한 가슴,
누이여 너는
하늘에서 살아라
바람 잘날 온다 해도
언제까지 어여쁨을 지켜내리
짙은 그늘 드리울 아름드리 나무
태양의 뜨겁기 전
돋아난 아픔 다스려야 한다
덧대인 상처 말갛게 아물도록

캡틴 朴

현란한 드리블,
한 박자 빠르게 치고 달린다
절묘한 패스로 공을 밀어주며
그라운드를 헤집고 다닌 작은 거인
그는 남아공월드컵의 주장이었다

지난날 4강 신화 떠올리며
장도壯途 오른 태극전사
유럽의 장신 그리스 벽 허물고
아르헨티나, 나이지리아와 맞서
기어이 해내고야 만 16강

8강 향한 우루과이전戰
밀리지 않은 선전善戰은
주눅들지 않는 즐기는 축구
말없는 리더십이 이끌어낸
팀웍의 결과였다

보라, 미래의 젊은 세대
웃으며 내딛는 크낙한 걸음

아프리카 희망봉을 돌아
한국 축구의 앞날 밝혀
등불 들고 돌아왔느니

그대들은 기억하리라
세계축구 변방에서 벗어난
가슴 뿌듯한 유월의 밤
더운 피 돌게 한 산소심장
캡틴 박이 있었음을

발가락에 쓴 시

어느 날 문득 드러난 발가락
남 모르게 시를 쓰고 있었네
세계적인 명발레리나를 위해
몸 구부려 맨바닥 튀어 오르다
뼈마디 불거진 자리
눈부시게 빛나고 있었네
최후의 승리, 월계관을 향해
뙤약볕 달리는 마라토너들
숨막힌 신발 속에서도
저희들끼리 부둥켜안고
굳은 살 박히는 꿈을 꾸고 있었네
오직 달리는 자만이 갖는 영예
쓰러지며 일어서며
어둠 속 그려온 수많은 시간
눈물로 새겨진 아름다운 시

산이 있던 자리에

산이 있던 자리에
아파트가 들어섰네
파아란 하늘 이고
병풍처럼 늘어선 나무들
푸른 숲이 숨쉬는 곳에
산보다 높은 아파트가 들어섰다네
이마 찌를 듯 솟아오른 지붕
맞닿은 하늘에는
날으던 새들도 자취 감추고
불어오는 바람소리, 사운대는
빗소리도 듣지를 못한다네
밤하늘 핏기 잃은 달빛만이
아파트 벽을 기어오르고
언덕 위의 소나무, 굴참나무
그림 같은 산자락 허물어
괴물 같은 아파트숲이
자꾸만 몸집을 키우고 있다네
산이 있어야 할 그 자리에

달밤에 서다

빨래라도 내걸어라
휘영청 달이 솟는데
바람 자고 구름 자고
처마밑 지빠귀조차 잠을 자니
샘물 내린 골짜기
반짝임인들 무엇하리
청산에 접은 나래
팔을 벌려 학이 되고
소나무 부서지는 달빛
춤이라도 추오리라
낮도깨비 탈 쓰고
선무당춤 엮더라도
허허벌판 길 여는
비단길을 닦으리니
땅심 울리며 어깨 흔들어라
꿈결 같은 달밤
일어서는 당신

닫힌 자여 나오라

작은 빛에 쏘여
하루를 사는 이
천정 매단 불빛에 멀쩡히도
눈과 귀 멀었는가

방안 놓인 로봇에 컴퓨터에
연신 웃음을 흘리다가
한 치 밖을 못 보고
메마른 숨결, 다리 힘이 풀린다

작은 빛에 갇혀
어둠을 절뚝이는 이
동녘 하늘 밝아오는 태양
푸르게 빛나는 별이 있나니

닫힌 자여 나오라
넓으나 넓은 세상
더 큰 빛이 그대들 등 뒤로
머리 위에 반짝이느니

푸른 봄길 여소서

꽃 먼저 피어나랴
잎 먼저 돋아나랴
다툼소리 요란하다

철 지난 봄이 온다는데
시새움 접어둔 채
눈보라 엎드린 바람
나뭇가지 흔들어댄다

바람소리 놀란 꽃맹아리
앞서거니 뒷서거니
봄볕 향해 달려 나간다

골짜기 실려오는 꽃내음
그루터기 나무에서도
연둣빛 잎새 돋아난다

강산에 봄이 오는 게야
꽃은 꽃, 잎은 잎으로
아름다운 태깔, 방싯한

웃음 터뜨린다

눈부신 새 소리 함께
타오르는 빛으로
푸른 봄길 열으소서

김수환 추기경의 뒷모습

누가 저 앞에서 불현 듯
일어나 걷고 있다

끝없는 용서와 뉘우침
눈물 잠긴 항아리
무거운 짐 내려놓고
오솔길 가고 있다

주야 매만지던
때절은 묵주알
야윈 손가락 걸려
아직도 돌고 있다

어디로 가시나이까
누군가 외치는 소리에
씽긋 바보웃음 흘리며
혼자서 가고 있다

그의 처진 어깨 위에
비둘기 한쌍 올려놓고

우두커니
뒷모습 바라보는 사람들

부디, 길이 멀더라도
'사랑하라, 감사하라'
눈부신 말씀 듣고 있다

삼월에 내리는 눈

꽃샘추위라더니
꽃망울 스치던 바람
눈짓이라도 하였는가
휘움한 새벽길
풀 풀 눈이 내리네
저러다 그치겠지
옷깃 털어낸 눈
웃음소리 희떠운 듯
어느새 해를 가리고
함박눈으로 기세 올린다
나뭇가지 쌓이는 눈
환한 벚꽃 세상이 그리운가
못내 하얗게
눈꽃을 피워낸다

잠적潛跡

잊기 전에 떠나야 한다
아무도 모를 곳으로

군살 불리고 때 절은 옷 걸쳐야
바람에 날리는 낙엽인 것을

머지않아 나뭇가지 걸칠 실오락지
거두어 떠나야 한다

누더기 같은 이름 더는 알기 전
두메산골 깊숙이 스며야 한다

천지간 새하얗게 눈 덮인 들판
풀숲 엎드린 작은 씨앗처럼

멀미 앓는 햇살 피해
숨어든 그대

이 아침 문득
들려오는 새하얀 숨소리

11시 11분

늦은 밤
벽에 걸린 전자시계가
11:11을 가리키고 있다
'윷' 이다
'개' 나 '걸' 을 따돌리며 앞서가는 운세
극장에서는 종영을 하고
귀가를 서두르는 시간이지만
창밖에 달이라도 솟은 듯이
정신은 새록새록
심야여행을 떠나는 기분이다
서울역에서 무궁화 열차표를 사기도 하고
지구 반대편에 있는 친구에게
마음 속 안부를 전하기도 한다
몸에는 잠이 약이라는데
잠을 설치며 반짝이는 눈빛
요술 같은 시간이다

아직도 내 시詩는

햇볕 쨍쨍한 날 하얗게
빨래 되어 널리고 싶다
허공에 뜬 철사줄 매달리거나
뜨거운 돌밭에 몸을 뉘어도
향기로운 들바람 쏘이고 싶다

공중에 나는 새를 쫓아 마냥
몸 흔들며 내달리고 싶다
첩첩산중 인적 없는 벌판에서도
긴 강물 푸른 자락 휘감아
새하얀 목화꽃으로 피어나고 싶다

아직도 떫기만 한 내 시는
달디단 홍시감 하나 입에 물고
가시 박힌 넋으로 태여
해질녘 실바람 흔들리는
빛부신 빨래로 펄럭이고 싶다

제2부

눈이 온 날에

눈이 온 날에

내 생의 후렴後斂에는
꼬부꼬불 돌아온 길을 말하지 말자

내 생의 후렴에는
오르다 못 오른 봉우리를 말하지 말자

길을 묻고 봉우리마저 지운 새하얀 눈밭을
구르는 저 아이들의 환호가 아니라도

눈이 녹으면 대지는 다시 살아나고

밝게 드러난 길과 트인 봉우릴 향해
달리는 발길 또한 무성하리니

세상을 온통 하얗게 바꾼 눈 위에서
또 다른 세상을 보느니

나의 등뒤에는

나무 의자 앉아 있는
나의 등뒤에는 언제나
속삭이듯 들려주는
해맑은 목소리가 있습니다

벌판에서 길을 잃고
노래마저 잃었을 때
넌지시 다가오는
귀에 익은 그 목소리

어쩌다 뒤돌아보면
그리던 모습은 간데 없고
한 자루의 촛불만이
바람에 흔들립니다

고개 돌려 곧추앉으면
그제서야 들려오는 소리
오늘도 나의 등뒤에는
눈부신 목소리가 있습니다

할머니 생각

맞손자인 내게
할머니는 어머니보다
더 큰 존재이셨다

어릴 적부터 강아지처럼
할머니 곁을 따라다니며
도시의 휘황한 전깃불도 보고
큰 길 달리는 자동차도 보았다

한 번은 절간에서 치성드리고 오다
호젓한 들길에서 호랑이를 만났다
숨 막히는 위기의 순간
할머니는 미동도 않으신 채 날래게
치마폭으로 감싸 손주를 지켜내셨다

어찌 생각이나 하였으리
때 아닌 돌개바람 육이오 사변으로
천수를 못 누리고 비명에 가신 할머니—
할머니를 잃은 슬픔에
조용하던 집안은 구멍이 뚫리고

열세 살 손주는 아침 저녁
상식상上食床 앞에 서서
어이— 어이— 소리내어 울었다

반백이 넘어서도
그때 그 할머니 생각
저녁이면 고모 삼촌 모두 모여
환한 웃음 터뜨리던 할머니 방문 앞을
아직도 서성이고 있다

아버지의 자리

더러는 맛있는 센뻬이 과자
사 주시다가도
네 자리 지키라며
설레발이 철없는 아들
꾸짖으시던 아버지

어젯밤 꿈에 오셔서
등 굽은 아들 잠자는 모습
물끄러미 바라보시곤
말없이 방을 나가셨네

환갑 나이 눈앞에서
모진 병마에 애타는
가족들 손 놓으시고
먼 길 가신 아버지

서느러운 기침소리
칼칼하던 그 음성
백발 성성한 나이에도
아버지 모습 그리워

먼 하늘 바라봅니다

비 오고 바람불 때
더 커 보이는 자리
오늘도 조용히 다녀가신
아버지의 빈 자리

동반자同伴者

아득한 별빛 향해
달려가는 길
칠흑 어둠 속에서도
그림자로 스며 있었네
모롱이마다
가파른 고갯길
타오르는 불길 속에서도
가멸한 웃음 띠우는
조용한 눈빛
여울에 이르러서야 돌아보게 된다네
있는 듯 없는 듯
등뒤 흐르는 당신의 숨결
어깨 닿는 손
익숙한 무게에
잠이 들어도 좋으리

산책길

모처럼의 휴일이다
중천에 걸린 해를 보며 뒷산에 오른다
신발끈이 헤진 것도 모르고
툭툭 풀섶을 건드려 이슬을 찼다
푸드득 옆댕이에서 산새 한 마리 날아올랐다
새들도 늦잠을 잔 것일까
공연한 자책에 싱겁게 휘파람을 불어본다
'휘익' 청설모 한 마리 보란 듯이
날렵하게 나무에서 나무로 나려앉는다
'거-참!' 손뼉이라도 쳐주고 싶다
흥건히 땀을 씻고 돌아오는 길
길가에 핀 예쁜 패랭이꽃을 만났다
생기를 머금은 초롱한 눈빛이다
오랜 친구처럼 빤히 올려다보는 눈길
여간 맹랑한 게 아니다
'허허' 낯선 얼굴인데 하면서도
여태 어린 풀꽃을 보고도 지나쳤던 일
가슴이 저리다
걸음을 늦추며 자꾸만
오던 길을 되돌아본다

해넘이에서

산마루 지는 해를 보면
눈부시지 않아서 좋다

한낮 머리 위 이글거리던
쏘는 눈빛 간데 없고
말갛게 씻은 얼굴 한갓지게
부드러운 모습이다

바람을 쫓고 구름 거느리던
뜨거운 숨결 벗어놓고
조용히 자리라도 펴는 것이리

둥근 해가 나리는 곳엔
거뭇한 산들이 막아서고
살가운 바람조차 일지 않는다

오늘 하루도 무사했노라고
내일은 또 모르는 일이라고
후미진 골짜기 마을을 향해
들새 한 마리 날고 있다

공중에 난 길을 따라 날으는
어미 새의 익숙한 나래짓
어둠살 내리는 하늘 저 편으로
알 수 없는 씨앗 하나 물고 간다

이마받이 하던 날

쇠붙이에 이마를 받고
병원에 실려가던 날
쏟아지는 피 누르며 아직도
내 이마 피 마르지 않았으니
퍽이도 오래는 살겠다
언젠가 벽 부딪쳐 멍들고
어둠 속 이마끼리 맞닥뜨려
번쩍 불이 나기도 하였지만
돌처럼 단단한 이마였는데
그깟 쇠꼬치에 이마가 뚫리다니
허술한 변명조차 부끄러웠다
눈 감고 잠이 든 사이 싹둑싹둑
외과의사 살 꿰매는 소리 들려와
볼썽사난 훈장 달고 당장
나들이할 걱정에
퍼뜩 정신이 돌아왔다

난蘭잎에 바람 스치듯

물끄러미
화분에 있는 난을 보다가
눈을 돌려
족자에 걸린 난을 본다

살아있는 난보다
붓으로 그린 난 앞에
눈길이 더 머무는 것은
알 수 없는 일이다

문득 누군가가 말한
목숨은 짧아도
예술은 길다―

난잎에 바람 스치듯
머리 속을 스친다

빚셈을 하다가

갓난 송아지 네 발로 서서
젖 빠는 모습 보며
포대기 싸인 아기 떠올린다
똥 오줌 못 가려 보채기나 하다가
돌맞이 걸음마에도 보행기 신세
신발 신겨주고 책가방 들려주던
어버이의 따스한 손길
힘부칠 때 기대고 쓰러질 때
앉던 의자는 몇이었던가
내 어찌 쌓인 빚 갚으려나
남의 눈물 닦아주고 이불자락
끌어줄 날 얼마나 있으려나
아무리 셈을 해도 어림없는 나의 빚
옳거니, 애시에 빈 손 들고 태인 몸
송두리째가 빚인 것을

돌아온 까치

눈이 내리고 있었다
뒤꼍 소나무 꼭대기 앉아
까치가 집을 짓고 있다

이른 아침 흩날리던 눈발이
송이 눈으로 변하고…

지난 해 집을 뜯어 떠나간
까치가족 돌아왔을까

굵어지는 눈발을 피해
가지를 옮겨 앉으며
쉼없이 둥지 엮는 모습

어느새 다 자란 새끼들
옛집 찾아 돌아온 것일까…

눈 마주치자 묵은 인사라도 하듯
'반짝' 눈망울이 빛나고 있었다

12월의 기도

어두운 밤하늘
어둠을 탓하기보다
반짝이며 흐르는
별이 되게 하소서

바람 지나는 풀숲에서도
고개 들기보다는
바람 한켠으로 길을 열게 하시고
엎드려 바람소리 듣게 하소서

무심히 돌아서는 골목길
가난한 무릎 위에 손을 얹게 하시고
따뜻한 가슴으로
봄을 맞게 하소서

혀끝 맛들여진 삶
게으른 꿈자리 일어나게 하시고
닫힌 창문 새벽 하늘
열게 하소서

잡동사니 짐꾸러미
헛되이 지키기보다
넘어지는 때를 생각하게 하시고
등에 진 무거운 짐 내려놓게 하소서

채찍보다 무서운 가난
가난보다 무서운 오만
찌든 모습 돌아보게 하시고
거울 비친 밝은 웃음 찾게 하소서

너

동틀녘 구름 가린 얼굴
환한 햇살 그림자로 숨었다
하늘 건너는 쪽배가 있으려니
둥둥 구름 사이 떠돌다가
잠시 먼 산 보는 사이
어느새 하루해가 저물었다
무엇 바라 한바다 태웠던가
멀리 초록섬 올라 목청껏
외쳐 보지도 못하고
살가운 눈빛 지나온 시간
부르던 노래마저 목이 쉬었다
입술바람이라도 날려야 하나
등뒤에선 웃음치는 소리
바다 저편 스러지는 노을빛
이제 두루마리 거두어야 할
그림자 하나 밟고 섰다

아내의 숨소리

잠자다 깨어 곁에 누운
아내의 숨소리를 듣는다
육십고개를 넘으면서 잔뜩
거칠어진 아내의 숨소리
쌔근쌔근 봄날같던 숨소리가
낙엽을 모는 바람소리 같다
살아오는 동안 얼마나 힘들었으면
숨소리마저 저리 변했을까
잠을 설치며 박재삼* 시인의
꽃게 다리를 함부로 분지른 죄보다
더한 나의 죄값을 헤아려 본다

*박재삼의 시 〈신록을 보며〉에 있는 "나는 무엇을 잘못했는가./ 바닷가
에서 자라 꽃게를 잡아 함부로/ 다리를 분질렀던 것" 이라는 구절을 인
용하였음.

산을 내리며

가파른 고갯길
숨차게 오르던 산
이제 땀을 씻고
하산下山하는 때

발걸음도 가벼이
휘파람을 불어야 한다
눈빛을 씻어 노을 비낀 하늘
울창한 숲을 바라보아야 한다

그러나—
산은 오를 때보다
내릴 때가 더 어려운 법
조심조심 헛발 딛지 않게
발 아래 내려다보며
허리 굽힐 줄도 알아야 한다

허전한 다리 쏠리지 않게
작은 돌부리에도 살가운 눈빛으로
오를 때보다 더
공功을 들여야 한다

제3부

풀뽑기

풀뽑기

잠시 집을 비운 사이
마당 가득 풀이 돋아났다
잔디며 꽃밭에 웃자란 잡풀
원, 녀석들 이리도 드셀까
혀를 차며 풀을 뽑는다
바람 타고 날아든 잡풀의
목을 움켜잡고 힘주어 당긴다
완강히 저항하는 뿌리 앞에
손을 놓고 호미로 후벼
밑바닥까지 캐어낸다
허옇게 드러난 속뿌리
기쁨이 앞서다가도 끈질긴
생명의 세계가 눈물겹다
뿌리를 거둔 풀데미 옆으로
눅눅한 바람이 지나간다

어느날 길 위에는

아득한 날의 아득한 것들
멀리 길 끝에서 아른아른
손 흔들던 푸른 가로수
뒷모습 걸어가는 단발머리
소녀가 사라진 길 위에는
앞다퉈 달리는 차들의
어지러운 모습만이 가득하다
120 킬로를 달리는 차 속에서
눈 깜짝할 사이 길끝의
가로수가 옆을 스치고
지나가는 사람들의 얼굴도
표정도 읽을 수 없다
그저 하얗고 새까맣고 눈부신
어둠만이 널브러진 세상
어느날 길 위에는
아득한 날의 아득한 것들
꽃도 무지개도 잃어버리고
맴돌며 맴돌며 내가 섰구나

서 있는 자의 슬픔

아프리카 초원에 가면
말들이 서서 잠을 잔다

누워 있는 사자들이
무섭기 때문이다

먼지를 뒤집어쓰고
골목길 밀려난 낡은 그랜저

만원된 전철 안, 빈 자리
찾아 고개 돌리는 사람들

기약없는 기다림에
슬픔이 묻어난다

마지막 꼬마 열차

전주에서 군산을 오가던
꼬마 열차

딸랑딸랑 작은 몸 흔들며
한 됫박 알곡을 내다파는
시골 아낙네와 어린 학생
실어 나르던 꼬마 열차

앞서 가는 세월에 밀려
자취를 감추려는데

희끗희끗 눈발 날리는
정해년 마지막 날 철길가에는
삼삼오오 마을 사람들 모여
어둠 속 사라지는 꼬마 열차를
지켜보고 있었다

저만치 손 흔들며 떠나가는
산타클로스 썰매라도 배웅하듯

눈을 위한 기도

길을 잃어 마음 어린 날에는
맑은 샘물로 눈을 씻게 하소서
바람부는 날 티끌을 내치시고
매운 연기에도 눈물 고이지 않게 하소서

호수보다 깊은 신비론 눈빛
물 속 잠긴 풀빛을 보게 하시며
물보라 철썩이는 철없는 헤살에도
눈이슬 반짝이는 미소를 머금게 하소서

어둠 속 작은 물상도 살아나게 하시며
가난한 자의 슬픔과 닫힌 자의
미욱함도 뚫어보게 하소서

머루 송이 영그는 눈부신 햇살
아름다운 산그늘을 내려 주시고
수정같이 맑은 눈, 푸른 하늘
서느러운 품 속 머무르게 하소서

오막살이

두메산골 내 어릴적 고향에는
쓰러질 듯 비스듬히 키 낮은
초가집 하나 있었습니다
어쩌다 그곳을 지나는 날이면
돌아서서 무심히 바라보곤 했습니다
환한 대낮을 지나 어스레한 저녁
깜빡이는 별빛 아래서야
더 잘 보이는 오두막집
추녀밑 낡은 문틈 사이로 도란도란
얘기소리가 새어나고 있었습니다
이 추운 겨울 누가 돌아왔을까
지금도 꿈꾸듯 아른대는 오막살이
내 마음 속 감추인 사랑 하나

수염

어쩌자는 심산인가
칼날 들이대어도
대책없이 자라기만 하는 너는

지쳐 잠든 밤중에도
겁없이 돋아나 까칠한
모습 보이는 너는 참으로
성가신 존재로다

혹여 가을날 황금빛 들녘
자루 속 알갱일 지키며
바람에 날리는 옥수수
붉은 수염이거나

햇볕 그을린 바닷가
흐트러진 헤밍웨이
텁수룩한 수염이라면 몰라도

너처럼 돼지털 빳빳한
몰골 하고선 어느 점잖은

자리엔들 나설 수 있으리

언제쯤일까
아침마다 고개드는 수염이여
너의 본 모습 찾아 휘날리거나
멋스러울 그 날이

키 큰 나무

— 메다스콰이아

하늘 닿으려나
창 너머 나무
밤마다 자랐는지
어느새 홀쩍 커 버렸네

아침마다 마주치는
뜰 앞의 나무
주술이라도 외웠는지
푸르디푸른 소년의 눈빛이
어려 있다

언제부턴가 창 앞에 앉아
바라보는 메다스콰이아
키 큰 나무가 나를 설레게 한다

짙푸른 나래
죽지를 세워 먼 하늘 향해
무지개로 뻗쳐 있다

무장 해제

뱀이나 전갈은 독으로 무장하고
하찮은 개미나 벌레들도
더듬일 무기로 살아가는데
사람에게도 더듬이 하나쯤은
지녀야 한다고 언제부턴가
핸드폰에 매달렸었지
주머니 속 쉴새없이 울려대는
지겨운 핸드폰 소리
때로는 목줄처럼 성가셨는데
어느날 부주의로 놓치고 나니
허전하고 아쉬운 마음
사방이 온통 빈 것만 같아
무장 해제라도 당한 듯
돌아올 줄 모르는 길거리
잃어버린 내 핸드폰

달빛만이 푸르고

부엉이도 울지 않는 山마을
하얀 달빛이 내리고 있다
지나가는 바람에도
어깨 흔들던 키 큰 나무
노래하던 새들도 잠이 들고
산간마을 외딴집엔
솔가지 지핀 아궁이 곁에
꺼먼 부지깽이 놓여 있다
토실토실 예쁜 다람쥐
잃어버린 방안
"잠 못들어 감기는 눈
달빛으로나 씻어볼까"
창가 다가앉는 촌로村老
멀리 아랫마을에서
잔기침하듯 컹컹
개 짖는 소리 들려오고
인기척 없는 산촌 마을
오늘도 달빛만이 푸르구나

전화가 걸려오지 않을 때

문틈 사이로 삐죽히
아침햇살 비쳐온다
풀내음도 묻어온다
정오를 알리는 괘종시계가
하품하듯 열두 점을 알리고
외딴녘 초집에선 낮닭이
홰를 치기도 했다
슬그머니 문을 잠그고 어디
꽃구경이라도 떠난 것일까
히잉힝 당나귀 귀를 세우지만
스치느니 바람소리뿐,
하릴없는 낮잠이라도 청해 볼까
따르릉 따르릉 잠결 듣는
전화기의 수신음, 누굴까
눈을 떠 바라보는 창문께로
웅웅대며 날아드는 꿀벌 한 마리

산이 고요한 것은

산이 저렇게 고요한 것은
키 큰 나무들 어깨를 걸고
바람소릴 막아주기 때문이다

머루 다래 칡넝쿨 뻗어
얼싸얼싸 사랑을 하며
고운 열매 익히기 때문이다

뿌리는 비탈을 부여잡고
모난 돌 깎아지른 바위에도
푸른 이끼 드리운 숨결

우짖는 멧새들의 울음조차도
노래소리로 들을 줄 아는
아름다운 귀를 가진 까닭이다

저렇게도 산이 고요한 것은
흐르는 물 골짜기로 내려
낮은 데 엎드리는 그 까닭이다

나무에 열린 까치

한 떼의 까치가 나무에 앉았다
알록달록 바람에 흔들거리며
잎 떨어진 가지 열매라도 되듯이
스무마리도 넘게 모여앉은 까치떼
저마다 다른 둥지에서 날아와
한 데 모인 이유는 무엇일까
햇살 여린 오후 까만 눈알 굴리며
무슨 말을 주고 받는가
높은 지붕 안테나 사이 날아다니며
부리 묻혀 온 새소식 전하려는가
벽돌 건물 날아간 아이티사태
마을 사람들 기색을 살피려는가
집집마다 닫힌 창문 열어젖힐
묘안이라도 캐내려는가
잎 떨어진 나무 열꽃을 피우며
바람에 흔들리는 한 무리의 까치떼

무지개

그 날도 무지개가 떴었지
달랑 종이 한 장 받들었는데
'우수수' 잉크 찍힌 통지표 위로
아련히 떠오르던 무지개
때로는 갈림길 모퉁이
허접스런 낙서장 위에서도
파아란 하늘빛 물들이던
고운 무지개
어느날, 가뭄 끝에 불타 버린 꿈
먼 산마루 높이 걸렸네
김연아 박태환 장미란이
하늘 날으는 이소연까지
젊은이들 무등태운 일곱 빛깔
그 선연한 빛방울들이
우르릉 쾅쾅 겹겹 가린
내 눈빛을 씻어주네

가을 향기

어느 봄날 동네 어귀
라일락 향기 취해
골목길 서 있었네
생목 쓰러진 자리
풀잎 스치는 향기에도
어질머릴 앓다가
흐르는 물소리에 잠이 들었네
어찌 어찌 지나간 날들
잃어버린 솔내음
찾아볼 수 있을까
무릎 꿇어 펼친 자리
마른 떡잎 움트는 소리
바스락바스락 조금은 낯선
그것이 정녕 잎새가 뿜어내는
가을 향기였으면

제4부

오사카의 보름달

오사카의 보름달

간사이공항 오사카 시내 향하는
차창 밖 둥싯한 보름달 떠올랐다

간밤 서울서 보던 달일런가
구름 사이 내비친 해맑은 모습
유난히도 밝다

소리없이 달리는 환상선 철도며
우뚝한 빌딩 사이 키 낮은 지붕
오래된 집들 비추고 있다

멀리 서쪽 하늘 그리워
고향땅 바라보던 난파진 백제인들
그 모습 달 속에 어려 들고

못내 지켜야 할 실푸른 발자취
왕인 박사 오사카 여행 길에
구름 속 밝은 달이 앞장서고 있었네

구다라百濟의 향기

붉은 해 떠오르는 동해 너머
일본땅에 구다라가 있었네
물안개 피어나는 연못가
아슴아슴 다가오는 연꽃 향기
일왕日王도 한국인의 후손이었다지
칠지도七支刀 물려받은 다짐
오사카 넓은 땅 다스리며
찬란한 아스카문화 꽃피웠네
나라땅의 웅장한 동대사東大寺
서탑西塔과 동탑東塔 사이
큰 스님 발자국 소리 들려오고
천년 자란 녹나무 푸른 이끼
구다라가 아니면 안돼
향수鄉愁 어린 '구다라나이'
말씀의 뿌리 내렸느니
이역 땅 날으는 구다라의 향기여

거기 있었네

바다가 열리자 섬이 있었네
국토의 막내 방울 튄 자리
저 멀리 성인봉 바라보며
동도東島와 서도西島
오뉘처럼 손잡고 마주서
길을 열고 있었네

꾸불텅꾸불텅 달려오는
검푸른 물결 막아내고
사시장철 변함없는 바위얼굴
괭이갈매기 보금자리 내어주고
알을 품는 슴새며 바다제비
민들레 강아지풀도 길러 내었네

그 누가 외롭다 하리
하늘을 이고 홀로 앉은
수심 깊은 바다에서도
이마 드리운 찬란한 광채
힘찬 나래 펼치고 있었네

아침 해 떠오르는 동해 바다
하얀 물보라 얼굴을 씻고
한반도 바깥마당 지켜온
그윽한 자취
어서 와요, 와서 보아요
아무도 없는 아득한 바다

잠들지 못하는 샛별처럼
밤하늘 반짝이며 천군만마
성을 쌓은 굳센 모습
아름다운 평화의 섬
너 독도여, 푸른 넋이여

푸른 숲 이룬 곳에

― 금수산 자락에서

새벽녘 안개비가 걷히고
코발트빛 하늘이 열리면
건너편 숲속에는 지지굴지지굴
노래하는 새들로 부산한
아침을 맞는다

찌르레기 동박새
조롱이가 울다가
직박구리 쏙독새 후투티까지
시끌시끌 숲속을 헤집고
날아다닌다

후박나무 그늘 비비새가
앉은 자리 참매미도
울음소릴 높이고
아름드리 나무 아래
솔방울이 굴러
이슬 내린 풀밭으로
숨바꼭질한다

해묵은 철쭉 곁으로
새순 돋는 찔레
반짝이는 햇살 따라
덩굴을 벋고 뿔매가
날아올까 산 다람쥐도
새까만 눈알 굴리며
나무 사이를 건너�뛴다

오늘도 사슴같이
귀가 밝은 산비알
누구를 불러낼까
술렁대는 나무들
푸른 숲 이룬 곳엔

새들이 노래가 된다
바람은 향기가 된다

*금수산錦繡山 : 충청북도 단양군 적성면과 제천시 수산면 사이에 있는
해발 1,016m의 산으로 소백산맥의 첫머리 부분을 이루고 있으며, 그 이
름과 같이 산세가 매우 수려하다

마라도馬羅島

자욱한 안개 속 누군가를
기다리고 있었네

먼 바다 밀려오는 물너울에도
말뚝처럼 버티며
그리움의 등뼈로
피리를 불고 있었네

머리 위론 한라 영봉靈峰
따스한 눈길 보내려나

스치며 지나가는 배
등댓불 밝혀
해도海圖를 띄워야 한다
바다 위의 꽃길 열어야 한다

남녘 하늘 끝자락
천년을 하루같이
기다림으로 숯이 된
작은 섬이 있었네

파타야를 두고 산호섬 간다

야자수 그늘 옆 대리석 빌딩
사파이어 반짝이는 파타야를 떠나
에메랄드 고운 빛깔 산호섬 간다

바다 위 펼치는 패러세일 곡예
무지개 날리는 아름다운 햇살
그림 같은 해변 두고 산호섬 간다

손 흔들며 따라오는 소돔의 그림자
뱃전 맴도는 갈매기를 어찌하랴
파도를 뒤로한 채 산호섬 간다

이제 어디쯤, 지워야 할 이름
맑은 물 유영하는 고기떼 따라
파타야를 두고 산호섬 간다

*패러세일 : 엔진보트 뒤에 매단 낙하산에 사람을 태워 공중을 날게 하는
바다 위 물놀이

북한산 올라서면

북에는 백두, 남에는 지리智異
한가운데 솟아 있는 북한산
그 빼난 모습 만나기 위해
사람들은 저마다 산을 오른다
정릉, 우이牛耳, 구기동에서
때로는 산성입구, 송추골짜기에서
계곡 따라 능선 따라
봉우릴 향해 달려나간다
서울서 바라보는 산의 얼굴
송추서 바라보는 산의 얼굴
그 모습 사뭇 다르지만
정상 향한 발걸음 쉬지 않는다
훤히 뚫린 등산길 가는 이
바윗등 돌며 수풀 헤쳐
험준한 길 오르는 이도
산꼭대기 올라서면 하나가 된다
인수봉, 백운대 정상 이룬 꼭지점
머리 위엔 태양이 빛나고
멀리서 시원한 바람 불어와
땀에 젖은 얼굴 해맑게 씻어준다

자하문길

백악을 나려 인왕을 바라는 곳
고갯마루 지키는 성문 하나
창의문을 자하문이라 일렀던가
철 따라 맑은 바람 불어오면
서북녘 멧바람 소리 세검정
물소리도 들리는데 진달래
철쭉 따라 산길 오르고 자두밭
능금밭으로 소풍 가던 길…
세월이 얼마나 흘렀을까요
종로 사는 사람들 종종걸음에
터널 아랫쪽 넓은 길 뚫려
전설 속 묻히게 되었구나
아직도 꼬불한 길 위로 마을버스 다니고
새벽길 달리며 아침을 여는 이들
잔기침 소리도 들리는데
경복궁 서편에서 자하문 오르는 길
사방팔방 들어선 집들에 묻혀
잊혀만 가는 노을빛 길 이름이여

구다라기百濟木

일본에 가면 곳곳에
백제사社, 백제교橋가 있고
보이지 않는 강이 흐르고 있다
절간이며 거리에 있는 나무들
강물 적신 짙은 그늘 드리우고 있다
묻지 마라, 백제가 옮겨온 터전
구다라기百濟木로 태어남이니
서녘 하늘 아득히 떠나온 고향
손 흔들던 구드래 나루
옛 등걸은 말해 주리라
낯설 땅 거칠은 벌판 간 곳마다
뿌리 내린 저 천년의 향기여

*구드래 나루 : 백제百濟라는 한자어를 일본에서는 '구다라'로 부르거니
와, 이는 백제 부여의 옛 이름인 '구드래'에서 유래한 것으로 보아 당시
일본으로 배를 띄운 백마강 나루터는 곧 구드래 나루인 것임

연곡사燕谷寺, 비 듣는 아침

장마가 걷히려는지
며칠을 두고 내리던 비가
방울방울 나무에서 떨어진다
우산을 받쳐 든 길손들
피아골 물소리에 귀를 씻고
이끼 푸른 절간 둘러본다
국보 53호 동부도東浮屠,
아름다움에 길을 잃었다가
그예, 대적광전大寂光殿
십우도十牛圖 앞에 걸음 멈춘다
옳거니, 부처님도 길을 잃어
소를 찾아 헤매었거니
사바 세상 중생이야…
산 허리 머물던 띠구름
반야봉般惹峰 향해 올라가고
일주문一柱門 뒤 연못에서
어정어정 두꺼비 한 마리
기어나오고 있었다

*연곡사燕谷寺 : 지리산 피아골에 있는
신라 말기의 절.
*부도浮屠 : 스님의 사리나 유골을 넣은
묘탑墓塔. 연곡사의 동부도, 북부도는
국보로 지정되어 있다.
*대적광전大寂光殿 : 비로자나불을 중앙
본존으로 모신 법당. 연곡사, 해인사,
금산사 등 사찰에서 볼 수 있다.
*십우도十牛圖 : 심우도尋牛圖라고도 하며
동자나 스님이 깨달음을 찾아 수행하
는 단계를 그린 그림.
*반야봉般惹峰 : 지리산의 큰 봉우리 가
운데 하나(1,733m).
*일주문一柱門 : 기둥을 한 줄로 세운 문.

가리왕산加里旺山 풍경

골짜기 울려오는 솔바람 소리
새벽녘 눈뜬 싸리나무에서
새하얀 입김이 날아오른다

파아란 하늘, 꼭대기 서면
작은 묏부리들 줄지어 달려오고
이끼 낀 바윗틈 물소리도 들린다

어릴적 떠나온 고향 마을
싸리꽃 한짐 지고 오던 큰머슴
선한 눈빛이라도 만난 것이리

무명삼베 차려 입은 허우대
우람한 등짝 어깨 너머로
실푸른 바람이 일고 있다

청풍명월淸風明月
— 청풍호수에서

드맑은 호수 위로
바람이 불어오데

바람 오는 곳 보이지 않고
강 가운데 떠 있는 둥근 달
하늘인지 물인지 모를지라

바람결 흐르는
눈부신 달빛

삶도 인심도 그러려나
청풍명월의 고장
충청도라 이름이니

경명행수經明行修의 별자리

― 일두 정여창 선생 500주기에 붙여

역사의 아이러니일까, 조선 왕조
무오戊午 갑자甲子의 광풍에 날아
유배의 쓴 맛, 부관참시 극형에도
사필귀정 억울한 죽음 밝혀져
우러러 문묘文廟에 배향되고
천추에 이름을 전하는구나

지리산 동쪽 함양 고을 태어나
한 마리 좀벌레로 자처한 일두一蠹선생
오경五經을 익히고 수행길 들어
한 치 몸가짐에 흐트러짐 없었나니
원근 사문斯門에 자자히 알려지며
점필재占畢齋 문하의 동문 수학
한훤당寒暄堂과 쌍벽을 이루었다네

조정의 부름에 벼슬길 올랐으되
일신 영달의 꿈을 뒤로한 채
그리던 고향 안의현安義縣 내려
등받이 얼룩진 민생 어루만지며
가난한 백성 교화에 힘을 쏟으니

아름다운 도학道學의 나래가 펼쳐졌도다

선생이 가신 지도 어언 오백년
물소리 바람소리, 글 읽는 소리
남기신 문집 다 불에 탔으나
이 땅 도학의 꽃봉오릴 드리우고
후학의 길 넓힌 우뚝한 자취는
구전으로 전하며 만인의 가슴 속
아득한 별자리로 빛나고 있다네

*점필재占畢齋 : 영남 사림士林의 영수 김종직金宗直의 호.
*한훤당寒暄堂 : 김종직의 제자로 문묘 배향 오현五賢 중 한 사람인 김굉필
　金宏弼의 호.

문화의 숨결 흐르는

– 남 인사마당 준공식에 붙여

우리에게
인사동 거리가 있다는 것은
자랑이다, 기쁨이다
설레임이다

조상의 혼이 깃든 옛 서적과
아름다운 그림이 있고
빼어난 솜씨 골동품이며
청자 그릇에 담긴
맛깔스런 전통 음식까지
세계를 손짓하는 우리의 자랑이다

그 누가 낡았다 하랴
언제 걸어도 정겨운 인사동길
묵향 어린 쌈지길
오고 가는 발자국 따라
우리 모두
이야기처럼 다정한 이웃이다
어깨 부딪히며 만나는 기쁨이다

보라, 내일을 향해 나아가는 길
도화원, 별궁터 자리
문화장터 열리고
'일월 오봉도' 공연장에는
볼거리도 풍성한 잔치마당
새로운 인사동길 태어나느니
서울의 명소 단장하는 기쁨이여

그대들 저 남산 마루 바라보며
가슴을 펴자
21세기 문화의 뿌리 그윽한 숨결
자랑스레 새 기둥 세운 인사동에서

소백산 철쭉꽃

봄 한철 가고 있음이야
화사하던 꽃잎 지고
등성일 넘는 바람에도
실푸른 기운 솟구침이야

바람결 나부끼던 진달래
소리없이 강물 띄우고
짙은 그늘 피어나는
철쭉꽃 한마당

먼산 뻐꾸기 소리
빈 골짝 오르내리고
선홍빛 어여쁨 떨쳐
산등성 타고 오른다

바라보면 아득히
백두대간 끝간 데까지
가쁜 숨 몰아쉬며
달려야 한다

동해 맑은 바람
푸른 불길을 다려
못내 북녘으로 달려야 한다
벼랑길 타고 넘는 소백산 철쭉이여

제5부

넌 혼자가 아니야

넌 혼자가 아니야

동해 푸른 바다 물보라 일으키며
하얀 갈매기 품에 안고 달려왔네
철썩철썩 손 흔드는 독도야
누가 뭐래도 넌 혼자가 아니란다
바위틈 길어올린 젖줄 같은 샘물
바닷길 열어주는 외줄기 등대
천년을 지켜온 고향이란다
뱃길 열어놓은 선착장 아래
어제 본 듯 반가운 얼굴
물개바위 촛대바위 아니더냐
아아, 저 어기찬 물결
호시탐탐 노리는 가증스런 눈빛도
이제 널 위협할 수 없단다
창날 같은 믿음직한 두 봉우리
칠천만 겨레가 지켜보고 있다
우리 함께 어둠을 뚫고 바다로 가자
대양을 향해 나래를 펴자꾸나
아가야, 넌 혼자가 아니란다
천년 사랑, 우리의 자랑스런 독도야

달빛 강산

강산에
달빛이 내리고 있다

밤이 깊어 수풀 속
벌레소리 잦아들고
새들도 잠든 시간

호박꽃 향기마저 날려 버린
그래서 더 슬픈 달빛이
아프게 내리고 있다

출렁여라, 달빛이여
깊은 계곡 바람소리
무명 빨래 펄럭이듯
길을 열어다오

바다 향해
굽이도는 강물
아름다운 산하, 비단
옷자락이 나부끼게

同行

산모롱 돌아 벌판을 달리는 열차
차창 기댄 네 모습 보며 함께 달린다

이따금 기적이 울리는 창밖으로
고개 돌린 네 얼굴에 햇살이 내리면
꿈결인 듯 너를 바라본단다

기나긴 밤 아득한 고갯길
그림자 지우며 달려 왔는데
낡은 기차를 타고 달리는 네 모습은
아직도 떨치지 못한 수심으로 가득하구나

보아라, 푸르게도 시린 하늘
우리가 자란 가을 들판에는 맨손
거둬야 할 볏가리들이 놓여 있단다

저켠 산마루에 노을이 걸리는데
언제쯤 우리는 달리는 차에서 내려
옛집으로 돌아갈 수 있을까

방금 지난 들녘에선 외로운
송아지 울음소리도 들려오는데

두 귀만 열어놓고

— 객석客席에서

몸놀림만 보아도 안다
연주자의 손끝에서 피어날
선율의 아름다움을

무대 위에서 손 내젓는
지휘자의 팔꿈치를 보고
오케스트라의 하모니를
짐작하는 청중들

화려한 불빛 아래 등장한
피아노 바이올린 탬버린이
엮어내는 불협화음에
두 손으로 이마를 감싼다

돌연 객석이 술렁거리고
아뿔사, 이처럼 서툰 연주라니!
밖으로 통하는 문은 잠기고
앉은 자리 코라도 골아야 하나

아니야, 음악은 귀로 듣는 것

애써 무대쪽에서 눈을 떼며
조용히 고개를 외로 돌린다
어둠 속 코도 입도 닫은 채
오직, 두 귀만 열어놓고

꽃으로 받드오리
— 울진원자력발전소를 돌아보고

여기 동해 푸른 언덕에
한 떨기 꽃으로 피어나리라

어렵사리 백만 번의 잰 손놀림
큰 빛 가두어 밤하늘 수놓으며
하나뿐인 지구 지킴이 노릇
원자로의 원형탑이 그림같구나

바라보면 볼수록 정겨운 모습
무엇이 과학이고 무엇이 문명이리
환경과 생태계가 파괴되는 오늘
금수강산 지키고 가꿈에서랴

그 사이 산업전사들이 흘린 땀방울
다스리고 다스린 한 됫박 연료로
크낙한 불길 일궈낸 그 정성,
장한 모습이여

저 언덕바지 늘어선 송전탑을 보아라
굳건히 뿌리내린 600만 킬로와트의 전력

세계에 우뚝 솟은 경수로輕水爐의 기술
이 땅 자손대대 번영의 기틀 되리니

여기 반도의 해 뜨는 동녘으로
바닷물 넘실이는 아름다운 도시에
원자력 발전소가 있음이라
아직도 변함없이 푸르른 하늘
눈부신 풍광마저도 자랑이구나

지나는 길손이여, 그대들
두 손 모아 꽃으로나 받드소서
한 송이 불꽃 보배로이 지켜지이다

우주로 가는 태극기

바이코누르 우주기지에
펄럭이는 태극기
개나리며 벗꽃이 만발한
사월의 봄밤 사막의 바람을 가르며
달나라로 떠나는 우주선에는
태극 마크도 선명한 한국 최초의
우주인이 타고 있었다

'텐' '나인' … '투' '원' '제로'
카운트 다운과 함께 불꽃을
날리며 날아오른 장엄한 로켓에
온 국민의 눈과 귀가 모아졌다

오천년 역사의 어둠을 털고
하늘 날으는 저 태극기를 보아라
이튿날도 다음날도 TV 앞에선
한치 오차도 없이 정거장에 도착한
우주인의 당당한 모습에 아이들의
초롱한 눈빛이 빛나고 있었다

우리도 별나라로 간다
십년 뒤 이십년 뒤에는
우리 손으로 만든 우주선을 타고
고흥반도 나로우주기지 발사대를 떠나
하늘을 나는 꿈을 꾸고 있었다

나라와 나라 사이
국경도 없고 휴전선도 없는
아름다운 지구촌을 바라보며
우리의 넋은 무엇을 꿈꾸는지
찬란한 별무리 속 영원한 태극의 혼이
우리들 머리 위로 날고 있다

아름다운 도전
— 국민 마라토너 이봉주에게

신발끈 조여매며
베이징올림픽 마라톤 광장
출발선상에 다시 섰다
일장기 가리운 베를린의 숨결
뜨거운 혼을 불러
도쿄에서도 보스톤에서도
승리의 월계관을 쟁취한 그대
그 많은 경기때마다
내로란 세계의 건각들 틈에
태극마크 질끈 머리 동이고
앞줄에서 달리는 늠름한 모습
우리 모두 잊지 못한다
아아, 맥맥히 흐르는 한국 마라톤
외롭게 떠받치며 묵묵히 달려온
20년의 끝없는 도전
아름다운 걸음에 박수를 보낸다
이제, 마지막 올림픽 무대
태극전사의 맏형으로서
결연한 출사표를 던진 그대
다시 한 번 힘차게 달려다오

역주에 역주를 거듭하며
만주벌 천년의 땅을 넘어
불꽃 투혼을 펼쳐다오
천안문 광장 베이징 거리에
배달의 얼을 심어다오
우리들의 희망, 영원한
마라토너 봉달이 형 만세!

시우쇠 둥지 있음이여

— 光陽제철소를 돌아보고

물빛 푸른 남해 바다
넓은 품 맞닿은 기슭으로
시우쇠 알 낳는 둥지가 있었다
섭씨 2000도의 용광로를 거쳐
땀 흘리며 쏟아지는 철판 두루마리
그 신기한 모습에서 우리는 본다
365일 타오르는 굴뚝 연기
세계 속에 우뚝 선 제철소
포철이 일군 꿈의 동산 바라본다
멀리 바다 건너 실려온 무쇠 더미
하루에도 수천 번 풀무질하며
바닷물 끌어 올려 몸매를 닦고
소스라치게 태어나는 빛나는 변신
자랑스레 알을 낳는
시우쇠 둥지 있음이여

혹이 열 개라도

얼굴에 난 혹덩일 어찌할까
따가운 눈총 참아낼 수 없다면
혹이 아니지

너를 떠나 하염없이 걸을 수도
주저앉아 뭉기적일 수도 없는
딱한 노릇

들으란 듯 소리칠 수 있다면
쓸어내고 깎아낼 수 있다면
정녕, 혹이 아니지

자고 나면 그림자 달라붙는 너
둥그스럼한 혹을 안고 쓰다듬으며
말없이 큰길에 나서야 한다

혹이 열 개라도 바람을 안고
햇빛 부서지는 물보라를
맞아야 한다

저들의 눈동자에는
— 46^{+1}의 용사들을 보내며

스러지는 눈빛이 아니었다
해맑은 웃음 미소짓는 모습은
서해바다 수심을 흔드는 폭음에도
함선을 동강낸 한밤의 섬광에도
놀라는 기색이 아니었다
거친 물살 가르며 바다를 지켜낸
이 땅의 자랑스런 수병이었다
며칠 뒤면 만나게 될 어머니,
사랑하는 가족을 남겨둔 채
이제 막 봄빛이 내리는 산하에
말없는 이별을 고하다니
바람결 흐르는 꽃잎 위에
주름 접힌 태극기를 보는가
어기찬 꽃그늘 잠드실
천안함 46^{+1}의 용사들이여
그대들 붙박혀 살아있는 눈동자엔
영원한 내일의 조국과
지워지지 않는 그리운 얼굴 위로
푸른 물결이 보이느니
아침 햇살 고요한 바다 위에
하얀 갈매기떼 날으느니

새 해에는
— 2009 새 아침에

무너지고 주저앉아
힘겨웠던 무자년이 가고
기축년 새해가 밝았다
우리 모두 석성산 올라
솟는 해를 바라보자

백옥뜰 퍼져가는 햇살처럼
눈부신 아침 맞이하자
어두운 그늘 일그러진 모습
다 벗어 던지고
희망찬 새해를 맞자

새해에는
새롭게 태어나야 한다
네탓 내탓으로 구겨지며
뒷걸음치던 허물
모두 날려 보내고
손잡고 다독이며 일으켜 세우는
아름다운 모습 보여야 한다

직장에서도 가정에서도
마을에서도
사랑으로 보듬고 함께하는
기쁨 나누어야 한다
종이 한 장, 물 한방울 아끼며
나라 살림 튼튼한 기둥
떠받쳐야 한다

새해에는 우리 모두
달라져야 한다
나날이 발전하는 지구촌 21세기
움츠리며 물러나며 돌아서는 일 없이
가슴을 펴고 당당히 앞서
달리는 모습 보여야 한다

아름다운 인심 빼어난 자연
달리면서 일하고 일하면서 달리는
용인의 저력, 눈부신 발전
2009년 새해를 열며
우리 모두

가슴을 펴고 날아오르자
푸른 하늘 드높이 나래를 펴자

하늘에서 본 밴쿠버
— 2010 동계올림픽, 그 영광을 기리며

로키산맥 장엄한 봉우리들 솟아 있는
아름다운 도시 밴쿠버
산꼭대기 쌓인 눈이 반짝이고 있었다
검푸른 바다 위로 그린 듯이 돛단배 떠 있고
물방개처럼 작은 차들이 도로 위에
꼬릴 물고 움직이고 있었다
길가 공원에는 키 큰 나무들 가지런히 서 있고
'현대' 가 놓은 '무지개 다리' 자랑스런 모습으로
노을 비낀 강 위에 높이 걸려 있었다
오륜기 앞 타오르는 성화를 보며
지구촌 도처에서 모인 얼음 위의 건각들
보란 듯이 설원과 빙판 누벼 달리고
대한의 젊은 선수들도 어깨 나란히
신발끈 조이고 달려나갔다
모태범 이상화 이승훈, 코리아의 영웅들
내로라는 키 큰 선수들 물리치고
기록을 다시 쓰며 달리고 달려
시상대 맨 윗자리에 태극기를 펼쳤다
오색등 불밝힌 실내 경기장
피겨 여왕 김연아가 무결점 연기 선보이며

금메달을 목에 걸고 웃고 있었다
원더풀 코리아, 메아리치는 함성에
멀리서 지켜보던 아메리카 원주민들
로키산맥 근엄한 봉우리 아래
손 흔들며 눈물을 뿌리고 있었다
아아, 태평양 기슭 아름다운 항구에는
북극해를 향해 정박한 크루즈선 옆으로
동해 바다 돌아갈 연어떼가 모여 있었다
힘차게 물살 가르며
태평양을 건너는 꿈을 꾸고 있었다

광교산을 바라보며

어느새 가을이 깊었는가
용인 여성회관 강의실 앉아
시루봉 반짝이는 광교산을 바라본다
상현이며 풍덕천 성복동까지
크고 작은 언덕 아파트숲 잠기어도
사시 사철 몸단장하며
푸른 숨결 뿜어내는 광교산
여름내 자란 상수리나무에서
후두둑 도토리가 떨어지고
쪼르르 아기 다람쥐도 달려가겠지
용인 여성회관 강의실 앉아
미래를 설계하는 어머니들
광교산 자락 불어오는 바람소리에
빨갛게 물든 단풍잎을 바라본다

용인에 살으리

광교산 부신 햇살 백옥뜰에 내리고
할미성 돌아드는 그림 같은 경전철
애버랜드 민속촌 식물원까지
산자수명 아름다운 용인에 살리라

동서남북 훤히 뚫린 편안한 나들잇길
우뚝우뚝 솟아 있는 대학 캠퍼스
세계로 뻗어가는 반도체 전자산업
선진 도시 자랑하는 용인에 살리라

나라 위급 구하던 처인성의 함성
선현의 넋이 깃든 충절의 고장
정성으로 가꾸는 나라사랑 고향사랑
더불어 살아가는 용인에 살리라

산자락 돌아가면 물 맑은 호수
시냇물 흘러내려 한강에 이르고
징 소리 울려오는 예술의 보금자리
문화의 향기 꽃피는 용인에 살리라

저 높은 곳에 잠드소서
— 제25회 자유수호 희생자 합동위령제에서

하늘이 무너지며 포연砲煙
자욱하던 그날 그때
총성보다 강한 깨달음으로
무고한 양민 굴비 엮는 만행에
항거하여 끝끝내 조국을 지킨
투철한 반공 선각자시여

백척간두百尺竿頭 나라의 앞날이
위태롭던 때 존귀한 목숨 바쳐
강산을 지켜낸 자유의 수호자시여

오늘 임들의 장한 깨우침으로
이 소중한 자유의 성안에는
철 따라 꽃이 피고 새가 울고
키 자란 나무에 탐스런 열매
주렁주렁 열렸나이다

오천년의 때 절은 시름,
배 고프고 가난하던 역사의 뒤안길에서
이제 조국 대한민국은

세계사의 내로라는 선진국과
어깨 겨루며 새로운 역사를
쓰고 있나이다

그대들이 심어놓은 자유의 씨앗이
척박한 땅을 헤집고 미쁘고도
풍성한 결실을 맺고 있나이다
오, 생각만 해도 몸서리치는 육이오
한밤중 날아든 비보悲報

철사줄 묶이는 참혹한 비운 앞에
젊은 생을 마감한 한恨서린 일생
어이 필설筆舌로 다 말할 수 있으리오
밤하늘 구천九泉을 떠도는 그대들
187위의 성스런 영혼을 수습하여
여기, 멀리 태화산이 보이는 곳
한적한 기슭에 영면永眠의 동산 만든 지
어느덧 스물다섯 해가 흐르나이다

그대들 고이 잠든 이 곳은

오가는 이들 발걸음 멈추고
다시는 역사를 되돌리지 않으리라
힘 있고 부강한 나라 다짐,
또 다짐하는 성소聖所가 되었나이다

싱그러운 바람 일렁이는 황금빛 들판
그대들이 부르지 못한 노래 자자손손
후손들이 힘차게 부르오리다
자랑스런 민주 평화 통일
반도의 끊어진 허리를 잇고
자유와 민주가 숨쉬는 영원한
낙원 이루어 임들의 고귀한 희생
그 슬픔 길이 잊지 않으리이다

그대들이 남긴 거룩한 자취
불멸의 이름으로 우리들 가슴마다
새기이리다
사랑하는 임이시여, 어버이시여
부디 지난 날의 어두웠던 그늘 떨치시고
저 높은 곳에 편안히 잠드소서

후기

　그 동안 몇 권의 시집을 내면서 매번 '작품 해설'을 청해 실었으나 이 번에는 날짜도 없고 번거롭기도 하여 전문 '평설' 대신 지난 날 선배 문인으로부터 받은 몇 통의 편지와 이 책 속의 몇 편 시에 대한 짤막한 시작 메모를 실음으로써 평설에 갈음하였습니다.
　너그러이 이해하여 주시면 감사하겠습니다.

저자

시집을 받고

▣ 처녀시집《달빛씻기》잘 받았습니다. "귓결에 자장가/ 이
슥한 밤/ 다듬이 소리"와 같은 청결성에 눈과 귀가 모아집
니다. 건강하시고 좋은 作品 많이 쓰시기 빕니다.

― 91. 7. 10. S시인

▣ …(전략)… 제5부 '더불어 사는 노래'에서처럼 일상의 체
험들이 깔린 시들은 특히 마음에 와 닿았습니다. 주님의 은
총 속에 늘 건강하시고 앞으로도 아름다운 작품을 많이 빚
으시길 기원합니다.

― 1991. 8. 11. L시인

▣ 뜻밖에 시집을 받게 되니 조금은 당황한 느낌이었습니다.
그런데 연보를 살펴보면서 어느덧 5년의 세월이 흘러서 金
兄으로 하여금 두 번째 시집을 갖게 한 당연성을 갖게 하였
습니다. 비록 늦깎이라 자탄하지만 두 번째 시집을 받아본
심정으로는 김형이 얼마만큼 시업에 열중하고 있으며 또한
첫 시집보다 더욱 소박하고 無爲한 경지에 들어가 있음을
절감하였습니다.…(후략)…

― 94. 6. 20. H시인

■ 보내주신 시집 감사합니다. 〈간이역〉, 〈대동여지도〉, 〈아사녀〉, 〈광화문 신호등〉, 〈우리의 산은〉 등이 인상 깊었습니다. 대단히 감사합니다. 늘 건강하시옵고, '한 줄의 시로 하여 서럽지도 않으리라'에 기쁨이 가득하시기를!

　　　　　　　　　　　　　　　　　　　　－ 94. 7. 8. K시인

■ 丙子年과 더불어 珠玉 같은 貴詩集《눈나라 소식》은 눈부신 作業이었다고 思料합니다. 〈고려청자〉의 한국 정신, 〈떡볶이〉의 民俗情景, 〈약속〉의 平和統一의 의지는 〈밤마다 꿈꾼다면〉과 더불어 共感度를 전해줍니다. 表題詩 〈눈나라 소식〉은 한국 情緒의 發見作業이 아닌가 여깁니다. 새해 더욱 文運 빛나소서

　　　　　　　　　　　　　　　　　　　　－丁丑 新正 H시인

■ …(전략)… 우리 나이들이 이젠, 자리를 비워줘야 하는구나 싶어서, 쓸쓸하기도 했습니다만 그래도 우리는 읽고, 쓰고 할 일이 태산같으니, 그 얼마나 행복합니까. …(중략)… 어려웠던 공직생활을 떠나 이젠 훨훨 날개를 펼칠 때가 되었군요. 앞으로 더 좋은 시 쓰시기 바랍니다.

　　　　　　　　　　　　　　　　　　　　－ 98. 10. 3. P시인

■ 보내주신 詩集 고맙습니다. 退職 後 피로가 가시는 몇 달 후 손에 든 것이 시집이었습니다. 精神 없을 때는 들리지 않던 소리가 들리기 시작했습니다. 아름다운 음악도 들리

기 시작했습니다. 現職에 있으면서 詩作을 할 수 있다는 건 特別한 能力을 가지고 있다는 거라고 믿습니다. 아름다운 詩田을 가꾸는 사람이 부럽습니다. 健勝을 빕니다.

— 1998. 10. L교수

■ …(전략)… 이렇듯 어지러운 세상에, 그토록 맑은 詩心을 안고 나랏일을 하고 계신 분이 계셨구나…… 感動이었습니다. '들꽃 괴오시라' 거듭 외우다가 내가 꼭 풀대궁 되어 겨울 들녘에 서 있는 듯 느껴졌습니다.
무슨무슨 區廳에까지 백일장을 거쳐 쏟아져 나오는 女流詩人들이 지천인 세상에 오랜만에, 詩를 詩로 만난 新鮮함이 있었습니다. 부디 많은 사람들의 마음의 때를 헹구어 주는 詩人으로 머무소서.

— 1998. 10. 16. J작가

■ 金兌浩 同門, 보내주신 시집《봄, 오다》와 年賀 Message 반갑게 잘 받았습니다. 金 同門이 이런 걸출한 詩想을 가지신 것을 처음 알게 되었습니다.
己丑年 새해에도 더욱 健安하시고 더 큰 活躍 있으시길 祈願합니다.

— 己丑 正初 K同門

시작 메모

■ 시 〈발가락에 쓴 시〉

"어느날 문득 드러난 발가락/ 남 모르게 시를 쓰고 있었네"
졸시 〈발가락에 쓴 시〉의 첫 구절이다. 어느날 신문에 세계적
인 발레리나가 된 자랑스런 한국의 딸 강수진이 오랜 연습 끝
에 제멋대로 불거진 발가락을 드러내 보인 기사가 났다.

아름다운 몸매와 의상, 나비 같은 몸동작으로 보는 이의 탄
성을 자아내게 하는 무용수의 영광이 신발 속에 갇힌 발가락
의 도움에 크게 의지하였다는 사실을 알게 되었고 많은 사람
들이 보이지 않는 곳에서 헌신하는 또 다른 힘의 존재가 있다
는 것을 느끼게 하였다.

어디 무용수뿐이겠는가. 축구 선수가 그렇고 마라토너가
그럴 것이리라. 발바닥 앞쪽에 붙어 비좁은 신발 안에서 몸의
중심을 잡아주며 요동치는 다섯 꼭지의 발가락, 발가락에 박
힌 굳은 살과 삐어져 나온 뼈의 모습 하나하나가 어떤 비밀스
런 얘기를 전해 주고 있는 것 같았다. 뼈마디 불거진 줄도 모
르고 저희들끼리 부둥켜 안고 흘렸을 눈물의 시간을 떠올리
며 한 편의 시를 써 나갔다.

"오직 달리는 자만이 갖는 영예/ 쓰러지며 일어서며/ 어둠
속 그려온 수많은 시간/ 눈물로 새겨진 아름다운 시"로 끝맺
는 한 편의 시가 태어난 것이다.

■ 시 〈빚셈을 하다가〉

어느날 TV에서 어미소가 송아지 낳는 모습을 보았다. 외양간 우리 안 짚단이 깔린 맨바닥에 떨어진 애기 송아지는 몇 번 움찔움찔하더니 곧장 일어서서 어미소의 젖을 찾아 네 발로 걷는 것이 아닌가. 실로 놀라운 광경이었다.

언뜻 사람과 소가 비교되며 까마득히 잊고 지냈던 나의 어릴 적 일들이 상상되었다. 대여섯 살 때의 어렴풋한 기억도 살아나며 포대기에 싸였던 그 이전의 세월도 상상해 본다. 꼬까옷 입혀 돌맞이를 시키고도 끊임없는 뒷바라지를 해 주셨을 부모님과 어른들의 포스러운 손길 외에도 어렵고 힘 부칠 때 손 잡아주고 이끌어준 이웃들의 도움 또한 아무리 생각을 해봐도 내가 갚아가야 할 부분이라는 걸 새삼 깨닫게 되었다.

갓난 송아지 네 발로 서서
젖 빠는 모습 보며
포대기 싸인 아기 울음 떠올린다
…(중략)…
아무리 셈을 해도 어림없는 나의 빚
옳거니, 애시에 빈손 들고 태인 몸
송두리째가 빚인 것을

■ 시 〈마지막 꼬마 열차〉

2007년 섣달 그믐이었다. 전주에서 군산까지 백여 리를 운행하던 옛날 기차가 앞서가는 세월에 밀려 새 해부터 운행을 중단한다는 뉴스와 함께 줄곧 열차를 이용하던 마을 사람들이 아쉬움 속에 마지막 열차를 배웅하고 있는 모습이 방영되었다.

12월 31일, 묵은 해를 보내는 가슴 먹먹한 시간에 삼삼오오 길거리로 나와 선 시골 부녀자와 어린 학생들까지 지나가는 기차를 향해 손을 흔드는 광경이 너무나 따뜻한 모습으로 다가왔다.

전주에서 군산을 오가던
꼬마 열차

딸랑딸랑 작은 몸 흔들며
한 됫박 알곡을 내다파는
시골 아낙네와 어린 학생
실어 나르던 꼬마 열차

앞서 가는 세월에 밀려
자취를 감추려는데

희끗희끗 눈발 날리는
정해년 마지막 날 철길가에는
삼삼오오 마을 사람들 모여
어둠 속 사라지는 꼬마 열차를
지켜보고 있었다

저만치 손 흔들며 떠나가는
산타클로스 썰매라도 배웅하듯

■ 시 〈거기 있었네〉

독도는 나라사랑의 상징적 존재다. 한국인이라면 누구나
일본의 터무니 없는 주장과 끊임없는 마찰에 분통을 터뜨리
지 않을 수 없을 것이다.

한국시인협회에서는 몇 해 전부터 산하에 독도지회(지회
장 : 편부경 여류시인)를 두고 시인들을 중심으로 하여 독도
탐방대를 운영하며 선상 시낭송회 개최 등 독도사랑, 나라사
랑의 불길을 지피고 있었고, 독도 방문을 별르던 나도 지난 해
그 기회를 잡을 수 있었다.

2009년 봄, 독도 탐방단의 일원이 된 나는 1차, 포항을 출발
한 배가 동해의 높은 파도로 회항하는 불운을 겪고도 9월에
다시 묵호항을 출발, 울릉도를 거쳐 꿈에 그리던 독도를 찾는
행운을 맞을 수가 있었다.

2009년 9월 22일 아침, 일행을 태운 중형 여객선은 도동항
을 떠나 푸른 파도를 가르며 무사히 독도 선착장에 도착하였
다.

오전 10시. 오탁번 회장님을 비롯한 30여명의 시협 회원들
은 눈부신 햇빛을 받으며 선착장에 내려 물기 젖은 바위 모서
리를 어루만지기도 하고 감회에 젖었었다. 꿈 속에서 명멸하
던 독도는 짙푸른 물살에도 늠름하게 버티고 있었으며 우람
스레 마주 선 동도와 서도가 이마에 아침 햇살을 받아 찬란하

게 번쩍이고 있었다.

  괭이갈매기를 비롯한 바다새들이 섬 주위를 날고 기슭에 자란 풀들은 바위 틈에서 파릇한 자태를 뽐내고 있었다.

  일행은 섬을 배경으로 사진을 찍기도 하고 배로 섬을 한 바퀴 돌며 영원한 겨레의 섬으로 남아줄 것을 기원하였다.

  맑은 날 섬 꼭대기에 서면 87킬로 떨어진 울릉도의 성인봉이 보인다는 독도, 동도와 서도가 오뉘처럼 손잡고 천 년을 버텨온 대견한 모습에 절로 머리가 숙여졌다.

  바다가 열리자 섬이 있었네
  국토의 막내 방울 튄 자리
  저 멀리 성인봉 바라보며
  동도東島와 서도西島
  오뉘처럼 손잡고 마주서
  길을 열고 있었네

  꾸불텅꾸불텅 달려오는
  검푸른 물결 막아내고
  사시장철 변함없는 바위얼굴
  괭이갈매기 보금자리 내어주고
  알을 품는 슴새며 바다제비
  민들레 강아지풀도 길러 내었네

  그 누가 외롭다 하리

하늘을 이고 홀로 앉은
수심 깊은 바다에서도
이마 드리운 찬란한 광채
힘찬 나래 펼치고 있었네

아침 해 떠오르는 동해 바다
하얀 물보라 얼굴을 씻고
한반도 바깥마당 지켜온
그윽한 자취
어서 와요, 와서 보아요
아무도 없는 아득한 바다

잠들지 못하는 샛별처럼
밤하늘 반짝이며 천군만마
성을 쌓은 굳센 모습
아름다운 평화의 섬
너 독도여, 푸른 넋이여

金兌浩 시인 연보

1938년 충북 보은군 외속리면 장내리 출생
1958년 대구대학(현 영남대) 법정학부 수료
        (창녕초교, 대구 경상중, 경북고 졸업)
1966~1998 서울시 지방공무원(시청, 구청 등)
1989년 시 〈닭〉, 〈벙어리새〉로 '한국시' 등단
1991년 첫시집 《달빛씻기》 상재 (호롱불)
1994년 시집 《한 줄의 시로 하여 서럽지도 않
        으리라》(도서출판 청학)
        제5회 한국시문학상 수상 (한국시사)
1996년 시집 《눈나라 소식》 출간 (계명사)
        제5회 우리문학상 수상 (우리문학사)
1997년 제1회 종로문화상 수상 (종로신문사)
1998년 시집 《해돋이》 출간 (다인미디어)
2007년 시집 《봄, 오다》 출간 (한누리미디어)
        제1회 한국현대시문학상 수상
        (한국현대시문학연구소 · 독서신문사)
2010년 시집 《발가락에 쓴 시》 출간

문단 활동 : 한국문협, 한국시협, 국제펜클럽
        한국가톨릭문인회 등

김태호 시집

발가락에 쓴 시

•

지은이 / 김태호
펴낸이 / 김재엽
펴낸곳 / **한누리미디어**
디자인 / 지선숙

•

121-840, 서울시 마포구 서교동 395-13 서원빌딩 2층
전화 / (02)379-4514, 379-4519
Fax / (02)379-4516
E-mail/hannury2003@hanmail.net

•

신고번호 / 제300-2006-61호
등록일 / 1993. 11. 4

•

초판발행일 / 2010년 10월 11일

•

ⓒ 2010 김태호 Printed in KOREA

•

값 8,000원

•

※잘못된 책은 바꿔드립니다.
※이 책은 용인시의 문학작품 창작지원으로 제작되었습니다.

•

ISBN 978-89-7969-373-7   03810